생각이 필요해

반대를 보는 새로운 시각

수잔 후드 글 | 제이 플렉 그림 | 정화진 옮김

달리

생각이 필요해 −반대를 보는 새로운 시각

수잔 후드 글 | 제이 플렉 그림 | 정화진 옮김

1판 1쇄 펴냄 2019년 5월 7일 | 1판 2쇄 펴냄 2020년 2월 10일

책임편집 정재은 | 디자인 심홍섭 | 관리 이명정

펴낸이 박소연 | 펴낸곳 (주)도서출판 달리 | 등록 2002. 6. 4. (제10-2398호)

04008 서울시 마포구 희우정로16길 17-5 | 전화 02) 333-3702 | 팩스 02) 333-3703

ISBN 978-89-5998-372-8 77840

서로 뗄 수 없는 에밀리와 피터,
그리고 그들의 앞날을 위해
수잔 후드

사랑하는 수잔나, 오드리와 오웬에게
제이 플렉

'반대'라는 건 뭘까요?

내가 왼쪽에 있으면

열림
닫힘
너는 오른쪽에 있는 것!

안?

밖!

반대되는 건 쉽게 말할 수 있어요.

낮

하지만 쉽게 판단할 수는 없어요.
생각이 필요해요.

‘작다’가 없는데
‘크다’가 있을까요?

'길다'가 없는데
'짧다'가 있을까요?

아래를 내려다보고서야

높이 있다는 걸 알 수 있어요.

느린 친구들이 있어서

빠르다는 걸 알 수 있고요.

반대는 비교해야 알 수 있어요.
상대가 변하면 답도 변해요.

코끼리한테 누가 가깝고 누가 멀리 있는지
한눈에 알 수 있어요.

하지만

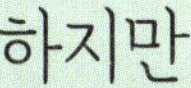

멀리 있던 새가
더 가까이 날아오면

가까웠던 것이 오히려 멀어져요.

누가 세고

누가 약한지
물어보지 않아도 알 수 있어요.

하지만 고래처럼 더 센 친구가 나타나면
강했던 친구도 약한 아이가 돼요.

보는 곳이 다르면
보이는 것도 달라요.
가까이 갔다가 뒤로 물러나면
다른 게 보일 거예요.

가까이서 보면
알록달록한 줄과 방울들이지만

뒤로 물러서서 보면 새로운 그림이 되지요.

앞에 있는 걸까요,
뒤에 있는 걸까요?

그것은 누가 보는지에 따라 다르죠.

무엇이 위에 있고
무엇이 아래에 있나요?

그것도 누가 보는지에 따라 달라요.

서둘러서 판단하면 실수할 수 있어요.
한 번 보고, 두 번 보고,
다시 한 번 더 생각해요!

모든 것을 생각해 봐요.
꼭대기에 있다가도

똑바른 길로 쭉 가다가도

구부러진 길을 만날 수 있어요.

반대로 생각해 봐요! 뒤집어 보세요.
새롭게 보면
놓쳤던 걸 찾을 수 있을 거예요.

새로운 쪽으로 눈을 돌려, 찬찬히 들여다보면
반대편에 비친 모습에 깨달음을 얻어서……

온전히 볼 수 있어요.